los TiPOS MALOS

en

COMBUSTIBLE INTERGALÁCTICO

ORIGINALLY PUBLISHED IN ENGLISH AS
THE BAD GUYS IN INTERGALACTIC GAS

TRANSLATED BY ABEL BERRIZ

TEXT AND ILLUSTRATIONS COPYRIGHT © 2017 BY AARON BLABEY
TRANSLATION COPYRIGHT © 2020 BY SCHOLASTIC INC.

ISBN 978-1-338-60274-6

10 9 8 7 6 5 4 3 2 1   20 21 22 23 24

PRINTED IN THE U.S.A.   23
FIRST SPANISH PRINTING 2020

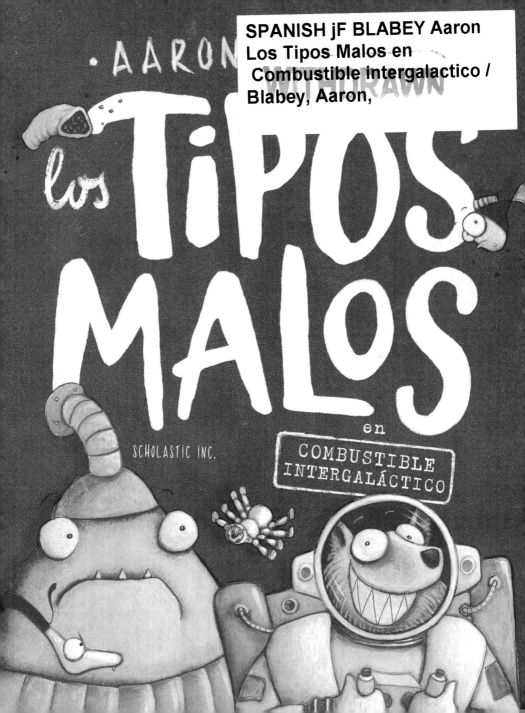

¿Estamos al aire? Bien.

Aquí **TRISTINA CHISMERA**
para el Noticiero del Canal 6.
Nuestra estación de televisión ha sido
destruida, pero continuaremos
transmitiendo mientras podamos.

A continuación,
todo lo que sabemos…

Tristina Chismera
Canal 6

1

Bueno, los gatitos zombicarnívoros eran malos,

pero no eran **NADA** comparado con esto…

El mundo ha sido **INFESTADO** de cachorros zombis,

ponis zombis, delfines zombis, conejitos zombis

y, sí, ¡**MÁS** gatitos zombis!

Creemos que esto es obra del **MALVADO**

DR. RUPERTO MERMELADA,

¡pero él ha **DESAPARECIDO**

COMPLETAMENTE!

MERMELADA

Pasando a otra noticia, los monstruos que causaron disturbios en la **PERRERA DE LA CIUDAD** y en la **GRANJA DE POLLOS LA YEMA** han intentado convencer a las autoridades de que ellos **CONOCEN** el paradero del Dr. Mermelada.

Simplemente vean el reportaje…

¡Oficial! ¡Por favor, escuche!

¡Tiene que creernos!
¡Está en la luna! ¡Posee un
arma llamada Rayo Lindo-zila
y la tiene EN LA LUNA!

Grrr, hazme el favor...

Sí, escucharon
correctamente.

Según ellos,
Mermelada está

EN LA LUNA.

Creo que hablo por todos cuando digo:

¡ESCÚCHEME, LOBO!

¡EL MUNDO SE ESTÁ ACABANDO Y

HÉROES!

NO NECESITAMOS UN MONTÓN DE

MALOLIENTES,

MENTIROSOS...

· CAPÍTULO 1 ·
LLÉVAME VOLANDO A LA LUNA

¡*No puedo creerlo!*
¡¿Qué podemos hacer si somos
los únicos que sabemos la verdad…

PERO
NADIE
NOS
CREE?!

¿Saben qué podemos hacer?

Comernos un delicioso **BURRITO**.

¿Qué haces, Piraña?

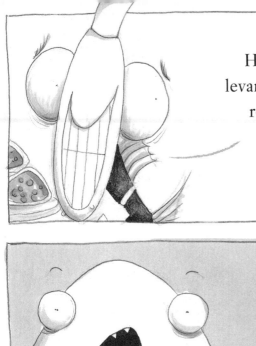

Hermano, estoy intentando levantar el ánimo con suculentos rollitos de carne y frijoles.

Y están muy buenos.
Ya me comí **SEIS**.

¿Cómo puedes comer cuando se está acabando el mundo?

¡Para sentirme bien!
¡Comer me hace sentir seguro!

¡NO ME JUZGUES!

Tranquilízate, Piraña.
Agente Zorra,
¿qué vamos
a hacer?

Sí, ¿qué **VAMOS** a hacer?
Pensé que eras una **AGENTE**
SECRETA SÚPER IMPORTANTE.
¿Cómo es que a ti tampoco te escuchan?
Me da la impresión de que la

LIGA INTERNACIONAL

DE HÉROES

es solo otro

montón de…

¡RELLENA!

Gracias, Piraña.

No hay de qué, chico.

Sr. Culebra, tal como les dije cuando nos conocimos, la **LIGA INTERNACIONAL DE HÉROES** es una organización secreta. Las autoridades ordinarias no saben que existimos. Por eso es que necesitamos encontrar otra manera de lidiar con este...

¡mmpfggg!

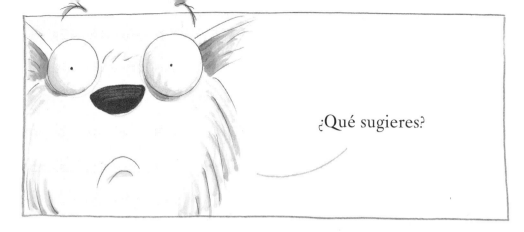

¿Qué sugieres?

Necesitamos tomar prestado un cohete para

**IR HASTA
LA LUNA
PERSONALMENTE.**

¿Tomar prestado?

¡PUAJJJ!

Ella quiere decir
ROBARNOS.

¡¿*QUÉ?!* Oh, noooo, no, no, **¡NO!**

Eso NO era parte del plan. Nadie creerá JAMÁS

que somos **HÉROES**

si **ROBAMOS** algo.

¡Mucho menos un cohete!

Quiero decir, ¡alguien

SE DARÁ CUENTA si

NOS LLEVAMOS UNA

NAVE ESPACIAL!

No lo
haré.

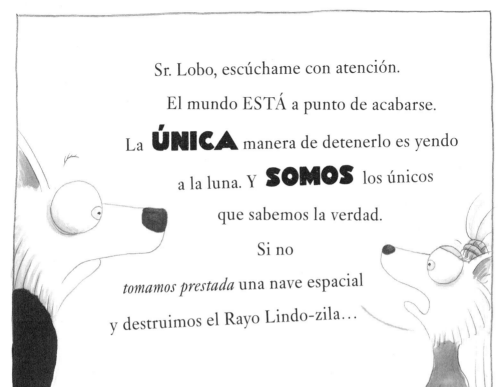

Sr. Lobo, escúchame con atención.

El mundo ESTÁ a punto de acabarse.

La **ÚNICA** manera de detenerlo es yendo

a la luna. Y **SOMOS** los únicos

que sabemos la verdad.

Si no

tomamos prestada una nave espacial

y destruimos el Rayo Lindo-zila…

TODOS SOBRE LA FAZ DE LA TIERRA MORIRÁN.

PUNTO.

Bueno, visto de esa manera…

Pero, ¿la devolveremos?

Si sobrevivimos la misión y

SALVAMOS LA TIERRA,

estoy segura de que nos dejarán
quedarnos con ella. Pero sí, haremos
lo posible por devolverla…

¿Entera?

Este… sí, seguro.

Bueno, supongo
que esté bien.

Necesitamos
encontrar una
nave espacial,
trazar un plan
para colarnos
dentro y luego,
¿tú nos llevas
a la luna?

Bueno, sí.
Excepto la última parte.
Yo no sé manejar
naves espaciales.

¡¿QUÉ?!

Pero, si no sabes pilotar un cohete,
¿cómo va a funcionar este
estúpido plan?

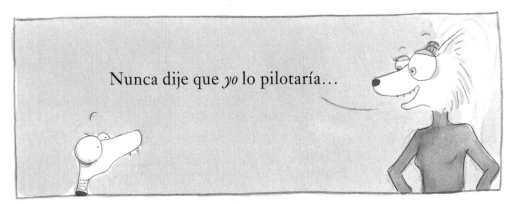

Nunca dije que *yo* lo pilotaría…

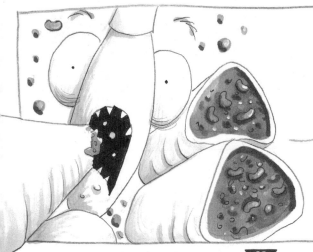

Y entonces,
¡¿quién?!

Amigos,
ustedes no
me trajeron
solo por mi
**CARA
LINDA,**
¿verdad?

· CAPÍTULO 2 ·
HORA DEL DESPEGUE

¿Estás segura de lo que vamos a hacer, Agente Zorra?

cohete?

22

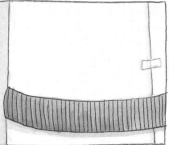

¡Tenemos órdenes de llevar este cohete auxiliar hasta aquella nave espacial! El mundo está patas arriba, ¿no cree?

Eso es un poco chico para ser un cohete auxiliar...

Así es. Pero esta pequeña preciosidad está **LLENA** de sorpresas.

Como tú digas...

23

Vaya. ¡Eso fue increíble!

¡¿Cómo lo *lograste*?!

Se trata de tener

CONFIANZA EN UNO MISMO

Solo necesitas creer que puedes lograrlo, y los demás lo creerán también.

Sí, sí. Me ENCANTARÍA seguir escuchando ese discurso motivador pero, POR FAVOR, ¡¿PUEDEN SACARNOS DE AQUÍ?!

Está bien, Culebra.
Espera un segundo…

A lo mejor querrán mirar para otro lado…

¡¿**ESO** te pareció asqueroso?!
¡Tú no estabas *en el interior de un tiburón.*
junto a una tarántula **Y** una piraña
idiota con una **APESTOSA**
BOLSA DE BURRITOS!

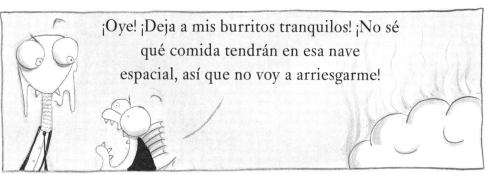

¡Oye! ¡Deja a mis burritos tranquilos! ¡No sé
qué comida tendrán en esa nave
espacial, así que no voy a arriesgarme!

¡Cielos! ¡¿Cuántos
burritos trajiste?!

¡SUFICIENTES!

¡Eso es todo lo que necesitas saber!

¡TRAJE SUFICIENTES!

Listos. Manos a la obra.

Chicos,
entren y vayan
a sus puestos…

¿Alguien quiere
un burrito?

Necesitas
ayuda
profesional.

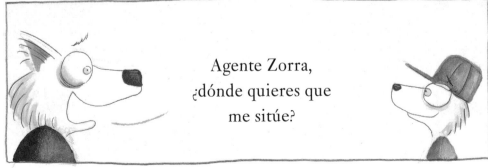

Agente Zorra,
¿dónde quieres que
me sitúe?

Esa decisión no
es mía, Sr. Lobo.
Esta es **TU** misión.

¿Qué?

¡¿Quieres decir que…
NO VIENES CON
NOSOTROS?!

Alguien debe
quedarse a combatir
a los zombis…
Alguien de…

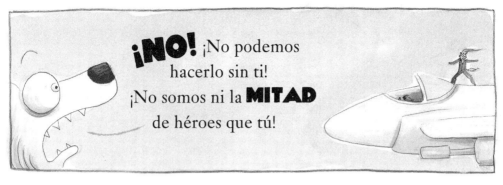

¡**NO!** ¡No podemos hacerlo sin ti! ¡No somos ni la **MITAD** de héroes que tú!

¡Ustedes son más héroes de lo que creen! De hecho, los miembros de la liga solíamos ser **COMO USTEDES**. Tal vez te cuente algún día. Pero, ahora mismo,

LOS NECESITAMOS

No podremos detener a los zombis por mucho tiempo…

¡Lobito! ¡Apúrate! ¡Tenemos que salir de aquí **AHORA MISMO!**

Estoy orgullosa de ti, Sr. Lobo.
¡Buena suerte!

¡BRUUUUM!

¡Ponte el cinturón, Lobito!
Es probable que esto sea un poco
brusco…

¡BIEN! ¡Preparados! En…

¡5! ¡4! ¡3!

¡2! ¡1!

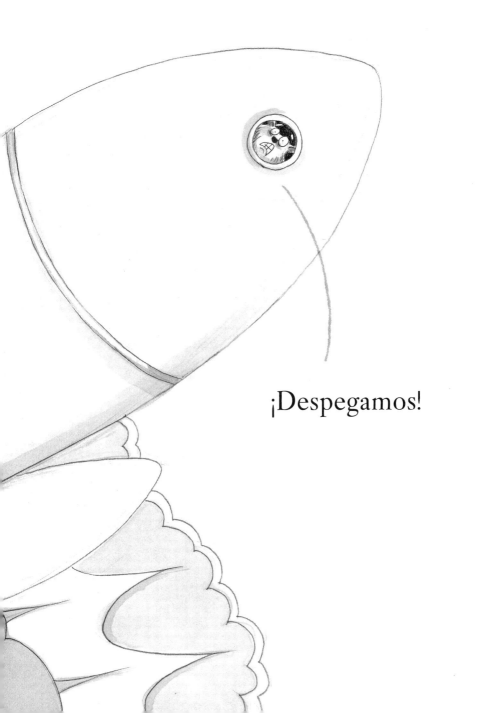

¡Despegamos!

Recuerden, chicos... ¡tenemos que devolver este cohete en una pieza!

Sujétate, Lobito. Se están separando los cohetes auxiliares...

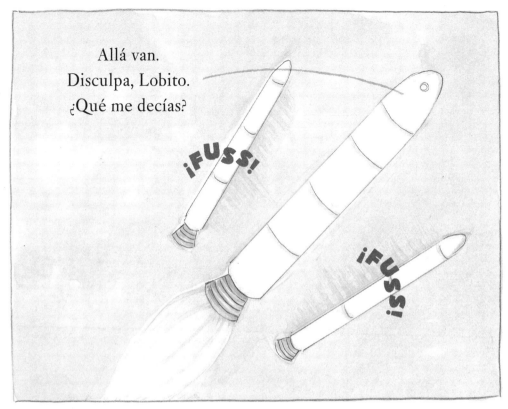

Allá van.
Disculpa, Lobito.
¿Qué me decías?

Lobo, ¿qué crees si lo devolvemos en **TRES** piezas?

· CAPÍTULO 3 ·
GRAVEDAD CERO, ¿CERO ENVIDIA?

Y ahí va el último cohete auxiliar…

¡¿En serio?!

Ese era el último, Lobito.
El resto de la nave quedará
en una pieza. Pero, ¡oye! ¡Mira!
¡GRAVEDAD CERO!
¡Vamos a flotar!

¡Caramba! Chicos, estoy asustado.
Me siento fatal por haber **ROBADO**
este cohete. **Y** el destino
del mundo está en nuestras manos.
Y la Agente Zorra…
bueno… no está aquí.
¡Necesito una señal de que
estamos haciendo lo correcto!
¡Por favor! **DENME**
UNA SEÑAL…

¡PL_AF!

¡Oye, chico!
La bolsa de burritos se reventó.
¿Puedes agarrar eso?

Esto es serio, Piraña.
¡¿Cuántos de estos te
has comido ya?!

Mejor no
te digo…

No lo trates mal
solo porque estás
asustado, Lobo.

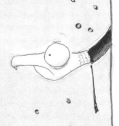

¡Lo siento! Es que
no pensé que ser un héroe
podría ser tan estresante…

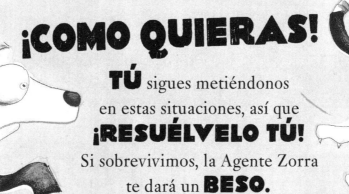

¡COMO QUIERAS!

TÚ sigues metiéndonos
en estas situaciones, así que
¡RESUÉLVELO TÚ!
Si sobrevivimos, la Agente Zorra
te dará un **BESO.**
Si no… bueno,
ya qué más da, ¿verdad?

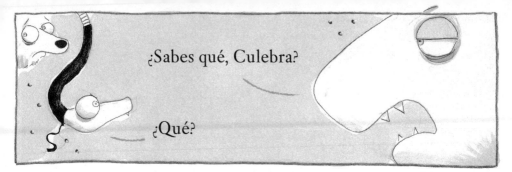

¿Sabes qué, Culebra?

¿Qué?

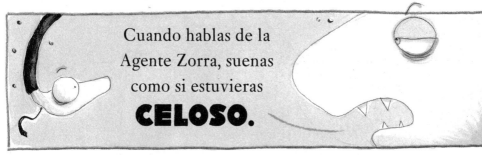

Cuando hablas de la Agente Zorra, suenas como si estuvieras **CELOSO.**

¡¿QUÉ?! ¿Crees que estoy celoso de que la Agente Zorra piense que este idiota es "lindo"?

No.

Creo que estás celoso porque el Sr. Lobo la quiere más a ella que a **TI**.

Digo yo.

Y, ¿Lobo?

¿Sí?

Una vez nos dijiste que teníamos que mostrarle al mundo que éramos héroes.

Dijiste que teníamos que hacer algo que hiciera que el mundo

NOS PRESTARA ATENCIÓN.

Bueno, esta es tu oportunidad.

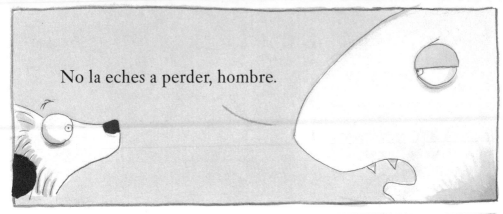

No la eches a perder, hombre.

¡Chicos! ¡Nos estamos acercando! Ya puedo ver el...

¡RAYO LINDO-ZILA!

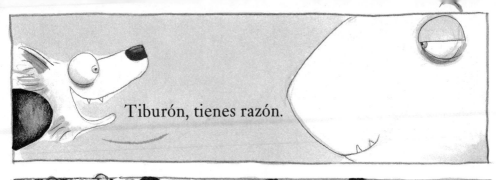

Tiburón, tienes razón.

¡No, no la tiene!

¿Qué?

¡No estoy celoso!

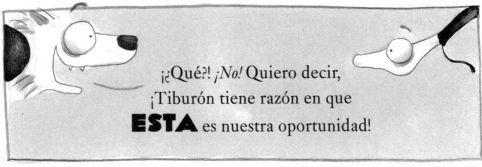

¡¿Qué?! *¡No!* Quiero decir,
¡Tiburón tiene razón en que
ESTA es nuestra oportunidad!

Ah, está bien.
Lo que tú digas.

¡Es la hora, chicos!
Voy a bajar a ponerme el

TRAJE ESPACIAL.

Llegó el momento de ser un…

¡HÉROE!

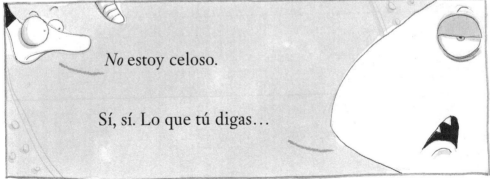

No estoy celoso.

Sí, sí. Lo que tú digas…

· CAPÍTULO 4 ·
SÁLVESE QUIEN PUEDA REPTAR

Bueno, socios.
Vamos a aterrizar.

Se ve tranquilo allá afuera. Pero, Lobo, ¿todavía estás allá abajo en la **PLATAFORMA DE CARGA?**

Yo que tú subiría aquí arriba. El aterrizaje puede ser un poco accidentado…

¡Ah, perfecto!
¡Estoy muy emocionado, Patas!
¡Es realmente fácil sentirse
un héroe dentro de estos trajes!
¡Tienen una **MOCHILA COHETE!**
¡Esto es genial!

Sí, bueno, deja de hacer
tonterías y...

¡ZAZ!

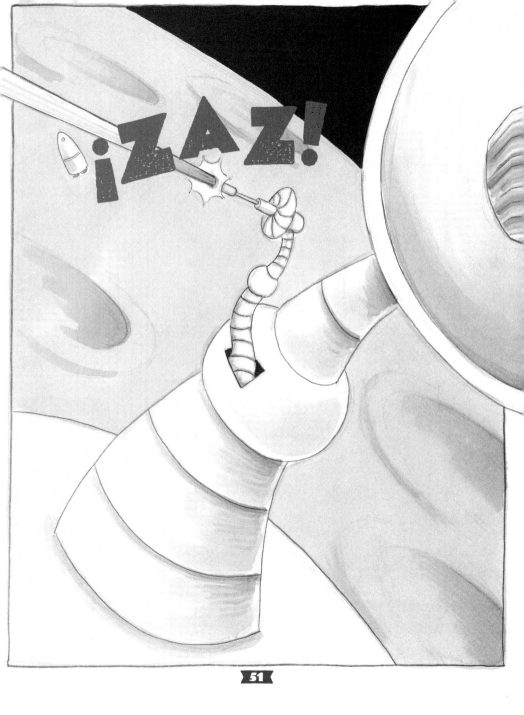

¡Nos dieron!

¡FUUUUUUSSS!

¡Hay un agujero en la nave! ¡TENEMOS QUE SELLARLO! ¡TENEMOS QUE SELLAR LA CABINA DE CONTROL!

¡Culebra! ¡Espera!
¡Lobo está allá abajo!
¡Lo vas a encerrar!

Si no la sello…
¡TODOS VAMOS
A MORIR!

SELLA

¡Culebra!

¡NO!

¡CLON!

¡Lobo!

¡FUUMP!

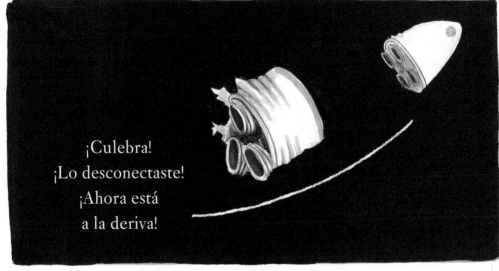

¡Culebra!
¡Lo desconectaste!
¡Ahora está
a la deriva!

¡Ay, no!

¡¿Qué pasa?!

¡Estamos atascados!

¡Nos atrapó una especie de

RAYO TRACTOR!

¡Nos está arrastrando!

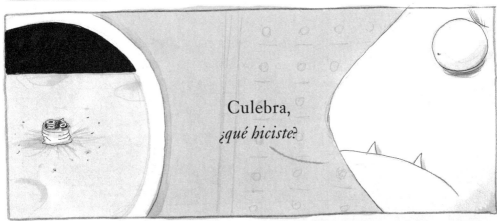

Culebra,
¿qué hiciste?

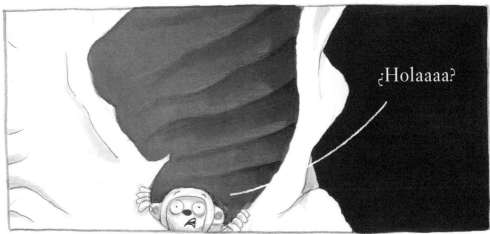

¿Holaaaa?

La parte positiva es que al menos tengo un traje espacial…

¡ALARMA!
¡NIVEL DE OXÍGENO AL 15%!
¡EL AIRE SE ACABARÁ
EN 10 MINUTOS!
¡NIVEL DE OXÍGENO DESCENDIENDO!
¡NIVEL DE OXÍGENO AL 14%!
¡ALARMA!

• CAPÍTULO 5 •

ATADOS... OTRA VEZ

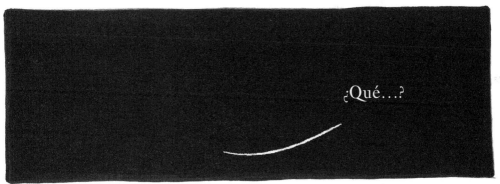

¿Qué…?

¿Dónde…?
¿Dónde estoy?

Caramba.
Esto no pinta bien…

No lo entiendo.
¿Cómo es que Mermelada
SIEMPRE se las arregla
para noquearnos y atarnos?
¡Es tan pequeño!

Seré pequeño, Sr. Tiburón,
pero soy **MÁS INTELIGENTE** que tú.

ᵧ **MUCHO MÁS MALVADO.**

¿Cómo has estado,
Sr. Tiburón? ¿Te has
comido hoy a algún amigo?

Eso no es asunto tuyo,
lunático. ¡El mundo se está
acabando por **TU** culpa!

Y… el Sr. Lobo… viste
lo que le pasó a nuestro
querido Sr. Lobo…

BUENO, SÍ, el mundo se **ESTÁ** acabando por culpa mía.

Pero no me culpes a **MÍ** por lo del Sr. Lobo…

Todos sabemos quién. tiene la culpa de *eso*.

¿No es cierto, Sr. Culebra?

Déjame
en paz.

¡Él tiene razón, pequeño monstruo!
¡Lo del Sr. Lobo **ES** culpa tuya!
¡Tú lo mataste! Cerraste la puerta
antes que él pudiera…

¡ALÉGRATE DE QUE NO ME PUEDA MOVER!

No puedo creer lo que
hiciste. ¡El Sr. Lobo
CREÍA EN TI!
Y así es como le
pagas…

Socio, me rompiste el corazón.

Hum, qué emotivo.

Pero se han apresurado con el funeral, señores…

¿Les gustaría verlo?

¡¿Lobo?!

Sí.

Como pueden ver, no está
tan muerto que digamos.

¿Está vivo? ¡Lobo está vivo!

Bueno, sí y no. Verán,
se le está acabando el oxígeno.
Y, en exactamente ocho minutos,
dejará de ser un héroe…

DEFINITIVAMENTE.

¡Tráelo para acá! ¡Por favor,
Dr. Mermelada! El Sr. Lobo es
el mejor tipo del mundo…

Oh. Bueno, si lo dices
así, entonces…

¡NO!

Me parece que será
mucho más divertido ver
como se le acaba el aire.

Especialmente porque, ya sabes,
es **CULPA TUYA.**

¡Monstruo!
Si no estuviera
atado…

¿Qué harías?

¿Me *llorarías* encima? Tranquilo, **PATAS**, o te arranco cada uno de tus pequeños miembros peludos y tendrán que llamarte **TORSO** de ahí en adelante.

Oye… espera un segundo…

Quieto, cobarde. No necesito tu ayuda.

No, no. Escúchenme un segundo…

¿Alguien sabe
dónde está Piraña?

CAPÍTULO 6

AY, NO, CUALQUIER COSA MENOS ESO...

No te alteres.
Te quedan siete minutos
de oxígeno. Tienes
SUFICIENTE
tiempo para pensar
en algo…

¡Aaaaaayyyyyy!

¡¿QUÉ ES ESTO?!

¡Hay algo
en mi traje!

¡Hay una **COSA**
asquerosa y babosa
reptando por
mi pierna!

¡OH, CIELOS! ¡¿QUÉ ES ESTA COSA HORRIBLE?!

Este…

¿Qué? ¿Qué pasa?
¿Qué haces en mi traje?

Es un poco vergonzoso,
chico…

NOS QUEDAN SOLO
SIETE MINUTOS DE OXÍGENO…
¡SUÉLTALO DE UNA VEZ!

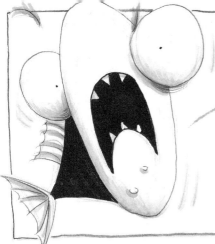

¡YA VA!

¡Comí demasiados burritos y necesitaba un lugar donde hacer caca!

Disculpa, ¿puedes repetir eso?

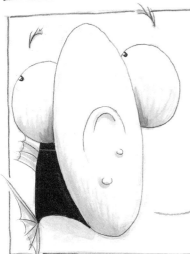

Necesitaba un lugar donde hacer caca,

ASÍ QUE DECIDÍ HACERLA EN EL TRAJE ESPACIAL.

¡¿HICISTE CACA EN ESTE TRAJE ESPACIAL?!

¡NO!

¡Estaba **A PUNTO** de hacerla cuando te metiste aquí! Entonces no supe qué hacer...

PARA EMPEZAR, ¡¿POR QUÉ IBAS A HACER CACA DENTRO DE UN TRAJE ESPACIAL?!

¡ES UN TRAJE ESPACIAL!

¡¿QUIÉN HACE CACA EN UN TRAJE ESPACIAL?!

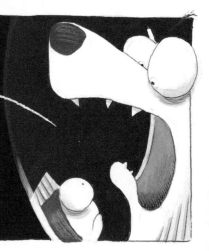

No sabía bien cómo ir al baño
en una nave espacial…

¡¿POR QUÉ NO PREGUNTASTE?!

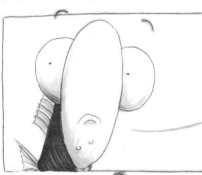

Esa podría haber sido
una mejor idea…

¡¿PERO CUÁL ES TU PROBLEMA?!

¡ALARMA!
¡EL AIRE SE
ACABARÁ
EN 5 MINUTOS!

¡OYE! ¡Deja de gritar, chico!
¡Estás usando todo el oxígeno!

¿SABES POR QUÉ NOS
QUEDAREMOS SIN OXÍGENO?
PORQUE AQUÍ DENTRO HAY
UN **HACE CACA FURTIVO**
USANDO LA MITAD DEL AIRE.
¡POR ESO!

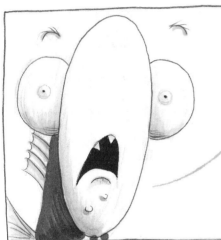

Lobo, escúchame.
Si **UNO** de nosotros
puede salvarnos, ese eres tú.

Pero tienes que *calmarte*, hermano.

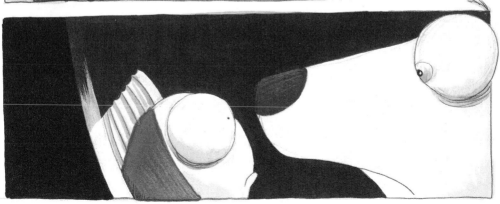

es que la situación no puede **EMPEORAR**, ¿no es verdad?

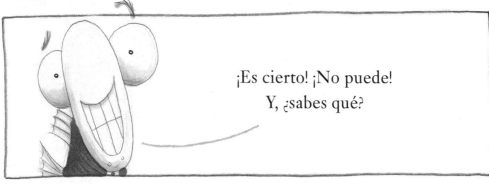

¡Es cierto! ¡No puede!
Y, ¿sabes qué?

¡PEEEEDO!

¡¿Qué fue *eso*?!

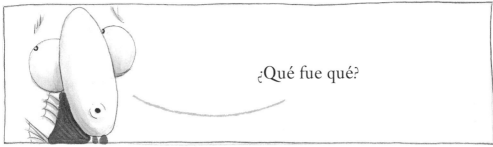

¿Qué fue qué?

¡PEEEDO!

¡Eso! ¡Ese ruido!
Y... y... ese...
insoportable **OLOR**...

PIRAÑA, ¡¿TE TIRASTE UN PEDO DENTRO DEL TRAJE ESPACIAL?!

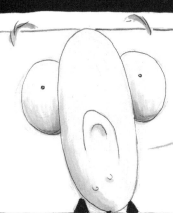

Chico, comí **MUCHOS BURRITOS**. Eso es un **MONTÓN** de frijoles, no sé si me entiendes.

¡PPEEDO!

¡DEJA DE TIRARTE PEDOS! ESTO ES UN TRAJE ESPACIAL... ¡EL OLOR SE QUEDA AQUÍ DENTRO! ¡NO QUIERO MORIR ASÍ!

¡Disculpa, hermano! ¡Son los frijoles!

¡PPPEDO!

¡NOoooooooooO!

· CAPÍTULO 7 ·

EN EL ESPACIO, NADIE ESCUCHA LOS PEDOS

¡Ay, no!
¡Mírenle la cara!
¡Se está quedando
sin oxígeno! ¡No
puede respirar!

¡Por favor, Dr. Mermelada! ¡Sálvelo, por favor! ¡Está **AGONIZANDO!**

Qué raro.
Aún le quedan cuatro minutos de oxígeno.

Me pregunto cuál será el problema.

¡PEEDO!

¡DEJA DE TIRARTE PEDOS, ASQUEROSO!

¡NO PUEDO RESPIRAR! SE ME AGUAN LOS OJOS...

Chico, hago lo que puedo, pero me comí **37 BURRITOS**. No hay mucho que pueda hacer para evitarlos...

¡PPPEDO!

Estoy mareado... Ese olor...
No puedo... Es demasiado horrible...

¡Lobo!
¡No te rindas!

¡PEEDO!

¡PPEDO!

¡No olvides
nuestra misión!

SOMOS los únicos
que podemos destruir el
RAYO LINDO-ZILA...

¡PEEEDO!

¡PPPEDO!

¡PEEEDO!

¡y solo nos quedan cuatro
minutos para lograrlo!

¡Como **HÉROES**, Sr. Piraña! Creo que tengo una idea…

¡Genial! ¿Qué idea?

¡Necesito que te tires más **PEDOS!**

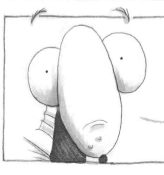

Bueno, esa no me la esperaba…

¿Sabes por qué?

No, la verdad es que no…

Porque tengo una **MOCHILA COHETE**. Y **AQUELLO** es un **ENORME APARATO ESPELUZNANTE DE RAYOS MORTÍFEROS**. Y **TÚ** estás llenando este traje de auténtico **GAS VENENOSO**.

¿Sabes lo que eso significa, Sr. Piraña?

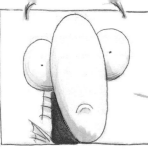

No tengo idea…

No importa.
Sigue tirándote pedos,
que yo encontraré la manera
de destruir esa máquina…

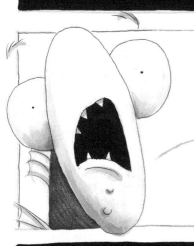

¡Espera! **¡YA ENTENDÍ!**
¡Crees que las **LLAMAS** de la
MOCHILA COHETE y el **COMBUSTIBLE**
de mis **PEDOS** causarán una
EXPLOSIÓN que destruirá
el **RAYO LINDO-ZILA!**

¡Así es!

Pero…
no hay modo de que
sobrevivamos…

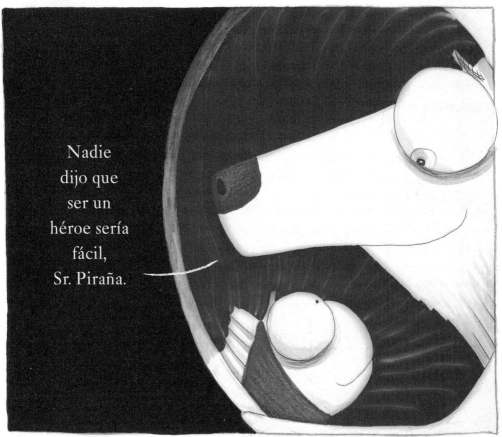

Nadie
dijo que
ser un
héroe sería
fácil,
Sr. Piraña.

Así que manos a la obra…

· CAPÍTULO 8 ·

HORA DE SER UN HÉROE

De acuerdo, es genial pertenecer a la **LIGA INTERNACIONAL DE HÉROES,** pero a veces este trabajo apesta...

Son demasiados, Zorra.
Te dije que debíamos ir **NOSOTROS**
en la nave espacial…

Confía en mí.
El Sr. Lobo lo logrará.
Destruirá el
RAYO LINDO-ZILA.

Espero que tengas razón, señorita.

Estoy segura de que el Sr. Lobo tiene un plan brillante en marcha ahora mismo…

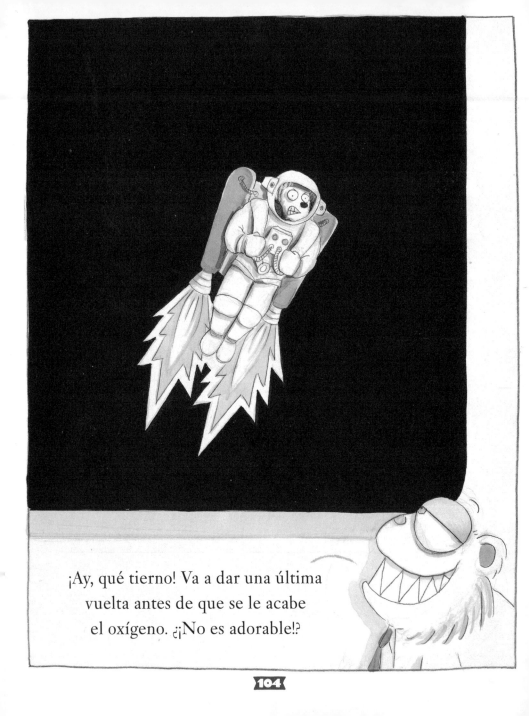

¡Ay, qué tierno! Va a dar una última
vuelta antes de que se le acabe
el oxígeno. ¿¡No es adorable!?

¿Qué está haciendo?

N… no lo sé…

Lo siento, Lobo…

Fue un gusto
conocerte,
Sr. Piraña.

Lo mismo
digo, Sr. Lobo.

Muy bien.
Cuando lleguemos
allí, voy a quitarme
el casco y…

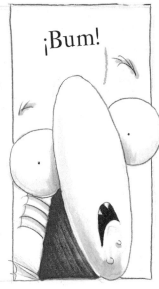

¡Bum!

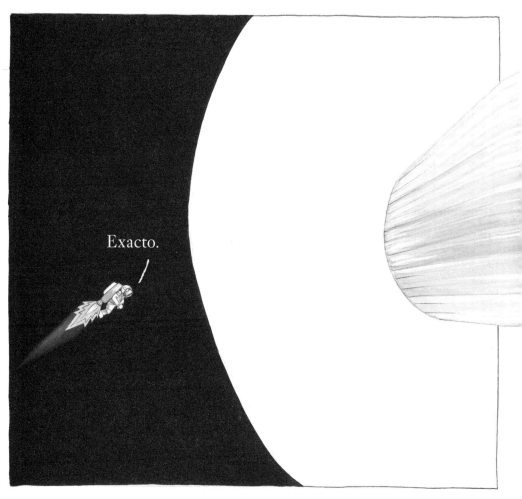

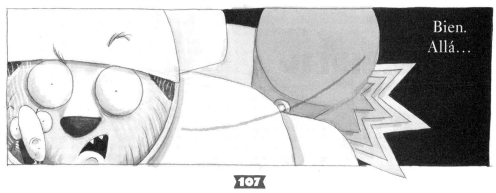

¡VAMOS!

¡FuZzZZ!

¡Estamos dentro del rayo tractor!

¡FuUUM!

¡Entremos ahí y

VOLEMOS ESTA COSA EN PEDAZOS!

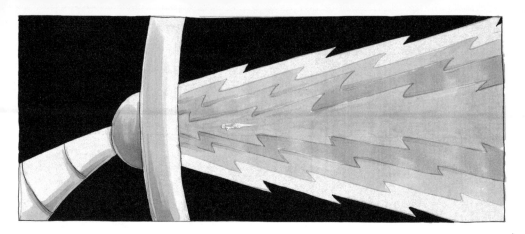

¡Muy bien!
¡Estamos dentro!

Trataré de
llegar lo más
lejos posible
y…

¡UNA **VENTANA!**

PEDOS

Solo tírate tantos **PEDOS** como puedas.
Me dirigiré hasta aquellas ventanas de allí…
Nuestros planes han cambiado, Sr. Piraña…

Lo que tú digas, chico…

¡P**E**E**E**EDO!

¡Querrás decir

HOLA,

Dr. Mermelada!

Toma un poco de esto…

Burritos, chico.
ESA es la cosa.

¡Lobo! ¡Los controles del RAYO LINDO-ZILA están ahí mismo!

LINDO-ZIL

¡Lo tengo! ¡Apaguemos esta cosa!

¡No, espera! ¡Libérame!
Necesito hacer algo antes…

¿Qué cosa, Patas?

Eso de ahí es una **CÁMARA**.
Mermelada **NOS** mandó un mensaje cuando
activó esa cosa. ¿Por qué no le mandamos un mensaje
AL MUNDO ENTERO antes de apagarla?

¿Listos?

Lobito,
¡estás al aire!

Este… ¡CIUDADANOS del MUNDO!

Mi nombre es Sr. Lobo, y este es mi equipo…

¡el **CLUB DE LOS TIPOS BUENOS!**

Realmente necesitamos un mejor nombre, ¿no es cierto?

Primero, me gustaría disculparme por tomar un cohete sin permiso. Me siento mal por ello y...

Ve al grano, hombre...

Bien… pero sobre todo quiero decirles que

NOSOTROS acabamos de derrotar al malvado

Dr. Mermelada aquí en

LA LUNA.

¡Y tengo el sumo placer

de devolverles la

PAZ
EN LA
TIERRA!

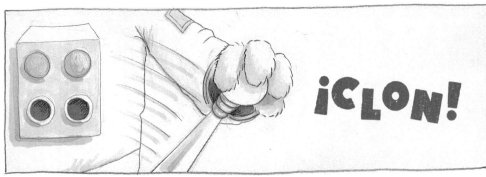

¡CLON!

· CAPÍTULO 9 ·

¿CUÁNDO UN CONEJILLO DE INDIAS NO ES UN CONEJILLO DE INDIAS?

¡Lobito!
¡Están festejando
en todo el planeta!

¡Salvamos al mundo!

¡Y todos **SABEN** que fuimos nosotros!

Chicos, ahora las cosas serán diferentes. Parece que ya no seremos más los tipos malos.

Habla por ti solo.

Culebra,
¿qué quieres decir?

Yo soy un tipo malo.
Y un abusón.
Y un cobarde.

¿Culebra?

¿Sabes qué? Tiburón tenía razón…
Yo *estaba* celoso.

Me alegraba que pensaras que yo
podía ser un tipo bueno, Lobo.
De verdad.

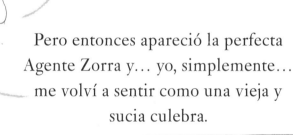

Pero entonces apareció la perfecta
Agente Zorra y… yo, simplemente…
me volví a sentir como una vieja y
sucia culebra.

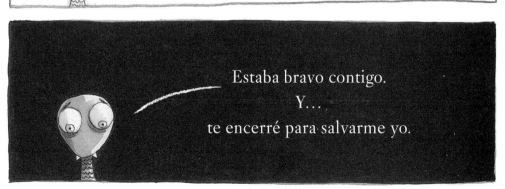

Estaba bravo contigo.
Y…
te encerré para salvarme yo.

¿Sabes qué, Culebra? Me **ALEGRA** que me hayas encerrado.

¿Qué?

Porque, al encerrarme, **SALVASTE A LOS DEMÁS**. De acuerdo, no fue la razón por la que lo hiciste. Pero es un comienzo, ¿no es cierto?

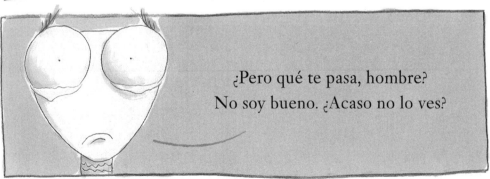

¿Pero qué te pasa, hombre? No soy bueno. ¿Acaso no lo ves?

Sé lo que estoy
diciendo.
Y no eres una
vieja y sucia culebra.
Eso te lo aseguro.

¡OYE! Siento
interrumpir tu piadoso
discurso, pero ¡mira
quién se está despertando!

QUÉ BUENO.

Sé que soy un tipo bueno
y todo eso, pero esto
será divertido…

Calma, chicos. Solo tenemos que entregarle este tipo a la Agente Zorra. Ella sabrá qué hacer con él.

Ah…

¿Soy yo o al conejillo de Indias le acaba de salir un

TENTÁCULO CON UN TRASERO EN LA PUNTA?

No. Le salieron **DOS TENTÁCULOS** con **TRASEROS** en cada punta…

Pero eso no tiene sentido… Los conejillos de Indias no tienen tentáculos…

ES CIERTO. PERO YO NO SOY UN CONEJILLO DE INDIAS.

SOLO USO UN DISFRAZ DE CONEJILLO DE INDIAS...

Bueno. No se asusten.

Pero existe la probabilidad de que el Dr. Mermelada en realidad sea un...

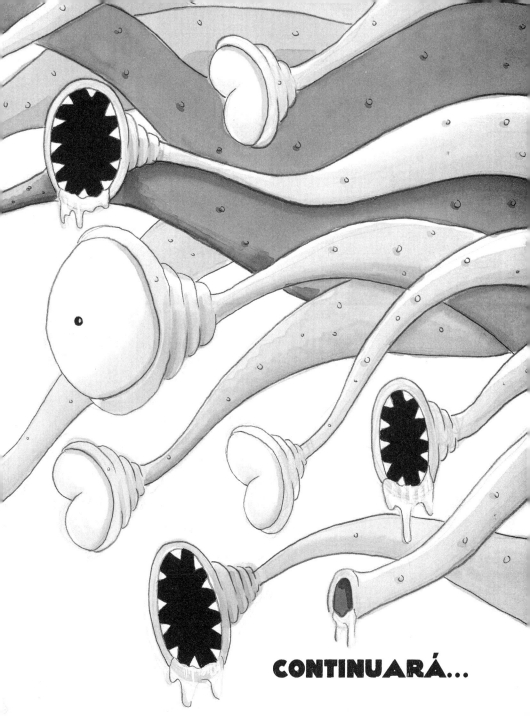

CONTINUARÁ...

SOBRE EL AUTOR

AARON BLABEY solía ser un actor espantoso. Luego escribió comerciales de televisión irritantes. Luego enseñó arte a gente que era mucho mejor que él. Y LUEGO, decidió escribir libros y adivina qué pasó. Sus libros ganaron muchos tipos de premios, muchos se convirtieron en *bestsellers* y él cayó de rodillas y gritó: "¡Ser escritor es increíble! ¡Creo que me voy a dedicar a *esto*!". Aaron vive en una montaña australiana con su esposa, sus tres hijos y una piscina llena de enormes tiburones blancos. Bueno, no, eso es mentira. Solo tiene dos hijos.